DECID «PATATA»

EL CABALLO VOLADOR

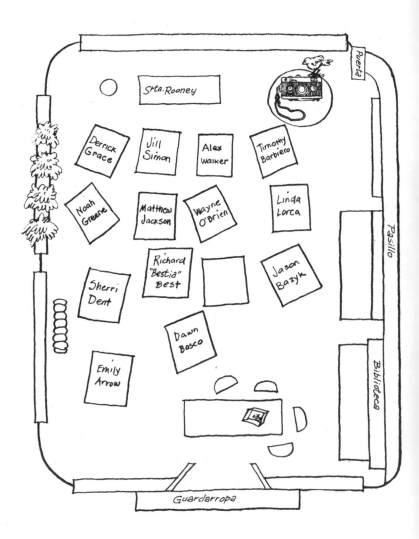

EL CABALLO VOLADOR

DECID «PATATA»

por
Patricia Reilly Giff

Ilustraciones de Blanche Sims

ANOTHER
LANGUAGE
PRESS

Título original:
SAY «CHEESE»
Traducción de Consuelo González de Ortega

Edición especial para:
Another Language Press
Cincinnati, Ohio
© 1998

ISBN 0-922852-51-0

Texto: Copyright © 1984 by Patricia Reilly Giff.
Ilustraciones: Copyright © 1984 by Blanche Sims.
PUBLISHED BY ARRANGEMENT WITH
DELL PUBLISHING CO., INC. NEW YORK, N.Y., USA.

© SpanPress, Inc., 1995

Impreso en España - Printed in Spain

Impreso en Industrias Gráficas Castuera, S.A.
Poligono Industrial de Torres de Elorz (Pamplona) - Navarra

A Ughondi Freeman.
      La Autora

Capítulo 1

Emily Arrow hizo trotar a su unicornio de goma por el pupitre.

—Adelante, Uni —dijo entre dientes.

—En fila —dijo la señorita Rooney—. De dos en dos.

Emily metió a Uni en su bolsillo.

Introdujo la mano en el pupitre y sacó su cuaderno de hojas sueltas.

Lo sujetó con la cara hacia abajo y salieron fuera los deberes que había hecho en casa la noche anterior.

Lo mismo sucedió con el ejercicio de matemáticas del lunes.

Pero no con la tarjeta de la biblioteca.

—De prisa —apremió la señorita Rooney—. Tenemos que estar allí a las diez. Si no nos damos prisa, llegaremos tarde.

Emily corrió al guardarropa.

Abrió la bolsa de su comida.

Olía a queso.

Todo se le cayó al suelo.

Un bocadillo con queso a la naranja aso-

9

mando por un lado. Mermelada de fresas en un tarrito de papel.

Pero no apareció la tarjeta de la biblioteca.

—En marcha —dijo la señorita Rooney—. El que salga el último que cierre la puerta.

Emily buscó en su pupitre.

Recordó que le tocaba cuidar de los peces.

Corrió a echar la comida a Drake y Harry.

Los miró y les puso cara de pez.

Luego echó un vistazo a la jaula del escinco. El animal dormía a sus anchas.

Emily dio unos golpecitos en la jaula.

El escinco movió su cola de un gris verdoso y abrió un ojo.

Luego volvió a quedarse dormido.

Emily corrió a la puerta.

Era la última.

No quedaba nadie con quien poder emparejarse.

Richard Best, «Bestia», y Matthew Jackson iban delante de ella.

«Bestia» hacía con la boca sonidos como si disparase.

—¡Pa-ing, pa-ing!

—Buen disparo —dijo Matthew—. Has dado a la señorita Rooney en la rodilla.

Emily dio un golpecito a Richard en el brazo.

—¿Has visto mi tarjeta de la biblioteca?

—¡Pa-ing! —volvió a decir «Bestia» y al mismo tiempo movió la cabeza a uno y otro lado diciendo que no.

—¿Y tú, Matthew? —preguntó Emily.

—No —contestó Matthew.

Recorrieron el pasillo.

Pasaron ante el despacho.

Llegaron a la puerta.

—Respirad hondo —aconsejó la señorita Rooney—. Oled el aire de junio.

Emily respiró hondo.

Bueno, no demasiado hondo.

A veces Matthew mojaba la cama.

A veces olía terriblemente mal.

Emily se preguntó qué haría con respecto a la biblioteca.

Llegarían dentro de un momento.

Cada uno tenía que llevar su tarjeta.

Días atrás la señorita Rooney se lo había dicho.

De repente Emily se acordó.

La bibliotecaria se había quedado con su tarjeta.

¿Cómo pudo olvidarlo?

Le debía cuarenta centavos de un libro que se llevó.

Ahora no podía recuperar su tarjeta. No la tendría hasta que no pagase.

Así que la visita a la biblioteca se convirtió en un fastidio.

Emily alargó el cuello.

—«Bestia» —dijo.

Richard estaba buscando entre los matorrales.

—¿Por qué nunca me encuentro ni una pelota? —se lamentaba—. Wayne siempre encuentra cosas.

—¿Me prestas cuarenta centavos? —preguntó Emily.

—¿Es una broma? —dijo él.

—Búscate en los bolsillos —insistió Emily.

«Bestia» no respondió. Estaba empujando a Matthew hacia los matorrales.

Entonces Emily se acordó de Linda Lorca.

Linda le debía cincuenta centavos.

Emily vio a Linda al principio de la fila.

Ella y Jill Simon se reían de algo.

Emily se apresuró para alcanzarlas.

—¡Eh! —llamó, colocándose detrás de Linda.

Linda y Jill volvieron la cabeza.

—¿Te acuerdas de los cincuenta centavos que te presté? Para un helado...

Linda se encogió de hombros.

—Creo que te los devolví.

—No —replicó Emily—. Yo no lo creo.

—Sí —replicó Linda—. Estoy segura.

—Oye —dijo Emily—. Es que de verdad nece...

Linda negó de nuevo con la cabeza. Y volvió la espalda a Emily.

—Ya te los devolví. Y se ha acabado.

Emily se quedó mirando la nuca de Linda. Tenía el cuello largo y delgado.

—«Cuello de avestruz» —le dijo Emily.

Linda ni se volvió.

Emily caminaba despacio.

Dejó que todos sus compañeros la fuesen adelantando.

Hasta que quedó un espacio de separación entre ella y el resto de su clase.

A nadie le importaba que ella no tuviera dinero.

A nadie le importaba que ella se fuese a ver en un aprieto.

Todos eran unos «cuellos de avestruz».

La fila dobló la esquina.

Una mujer estaba barriendo la entrada de su casa.

La mujer dejó de barrer y miró a los alumnos de la señorita Rooney.

Emily aceleró un poco el paso.

No quería que aquella mujer viese que ella iba sola.

La mujer la miró al pasar. Y le sonrió ligeramente.

Emily no le devolvió la sonrisa.

Estiró mucho el cuello. Y se fijó en una pareja de pájaros.

Cuando estuvieron a mitad de la manzana, Emily volvió a bajar la cabeza.

Se frotó la nuca.

La biblioteca se veía ya al fondo.

Matthew se volvió a Emily.

—Puedo prestarte cuatro centavos —ofreció.

—No, gracias —dijo Emily.

Y dio un resoplido.

Cuatro centavos no valían para nada.

Para nada de nada.

Capítulo 2

La biblioteca estaba en prenumbra y fresqui-
ta.

La señora Beach les esperaba.

Emily mantuvo la cabeza inclinada.

No quería que la señora Beach la viese.

No quería que la señora Beach se acordase
de los cuarenta centavos.

Emily se apresuró a ponerse atrás.

Allí estaban los libros para pequeños.

O sea, precisamente lo que ella podía leer,
se dijo Emily.

Libros pequeños, de pocas hojas.

Emily asomó un poquito la cabeza.

La señora Beach estaba de pie, enfrente.

Los demás alumnos se habían sentado a las
mesas.

La señora Beach dio unas palmaditas en el
catálogo.

—Los nombres de los libros están todos
aquí —dijo.

—Por orden alfabético... —añadió la señorita Rooney.

Emily se dejó caer en el suelo.

Odiaba el orden alfabético.

La señorita Rooney siempre estaba dándo-les montones de palabras por orden alfabético.

—Cualquier cosa que queráis saber aquí está —dijo la señora Beach—. Cualquier cosa del mundo.

Emily tocó su zapato rojo. Se estaba levan-tando un poco la suela de goma.

Emily apostaría a que no se podía encontrar allí cualquier cosa del mundo.

Seguro que no se podía encontrar la mane-ra de conseguir cuarenta centavos.

De un tirón, arrancó una larga tira de la go-ma del zapato.

Emily soltó la tira.

La tira se estrelló con fuerza en su zapato rojo.

—¡Cuac! —hizo Emily.

—Jovencita —dijo una voz.

Emily se puso de pie rápidamente.

Era la señorita Rooney.

—¿Qué estás haciendo ahí detrás? —pre-guntó la profesora.

Emily permaneció con la cabeza baja.

Podía ver muchos pies.

Los zapatos de gimnasia de Timothy. Las botas de Wayne O'Brien.

Emily se dirigió a la mesa de los demás.

Quedaba un asiento libre.

Se dejó caer en él.

La señora Beach empezó a hablar de nuevo.

Timothy Barbiero se inclinó por encima de la mesa y dijo:

—¡Cuac!

Y se echó a reír.

Emily infló sus mejillas.

Abrió la boca y la cerró rápidamente haciendo un ruidillo.

—«Cara de pez» —cuchicheó.

Miró hacia la mesa de Dawn Bosco y Sherri Dent.

Las dos estaban jugando a las adivinanzas.

Linda Lorca y Jill Simon estaban en la mesa de al lado.

Linda se estaba probando el anillo de cumpleaños de Jill Simon.

—Bien —dijo la señora Beach—. Ahora ya podéis empezar a buscar libros.

Todos se levantaron de sus asientos.

Dawn y Linda fueron a la sección de libros de cuentos.

Emily las observó de reojo.

Dawn tomó un libro gordísimo de la estantería.

Probablemente tendría cien páginas. O tal vez doscientas...

«Tempestalenos retumbatruenos».

Y entonces Emily vio que la señora Beach se acercaba a ella.

Emily dio la vuelta a la mesa.

Fue adonde estaba el catálogo.

Y se ocultó detrás.

De repente sintió una mano sobre su cabeza.

—¿No me debes dinero? —le preguntó la señora Beach.

Emily levantó la vista.

—Me parece que sí —dijo.

La señorita Rooney se acercó.

—¿Cuánto? —preguntó.

—Pues... —empezó a decir Emily.

—Cuarenta centavos —dijo la señora Beach mirando a Emily con la frente fruncida.

La señorita Rooney sacó dinero de su bolsillo y dijo a Emily:

—Ya me lo devolverás.

—Sí. Gracias —dijo Emily.

—Y no vuelvas a olvidarte.

—No me olvidaré —contestó Emily, con un movimiento de cabeza.

Después entregó el dinero a la señora Beach.

Estuvo un momento mirando el catálogo.

Luego tiró del cajoncillo de la *A*.

La *A* de *amigo*.

Eso era lo que ella necesitaba.

La señorita Rooney era su amiga.

Pero aquello no contaba.

No contaba para nada.

Capítulo 3

Los alumnos de la señorita Rooney se dirigieron a la enfermería.

Era el día de pesarse y medirse.

Emily estaba segura de que iba a quedar en primera línea.

Se puso de puntillas una y otra vez.

Alargó el cuello tanto como pudo.

Esperaba haber crecido mucho desde el año anterior.

Al cabo de un rato se sintió cansada de tanto estirarse.

Sacó a Uni de su bolsillo.

Y le hizo correr por la pared.

La señora Ames, la enfermera, estaba tardando mucho en llamarles.

Emily intentó ver lo que pasaba al otro lado de la puerta.

Pero la puerta tenía cristal esmerilado.

Y era muy difícil ver desde allí lo que pasaba dentro.

Se retrepó contra la pared.

Emily pensó en su libro: *El Mejor Amigo.*

La noche anterior se había leído las páginas una y dos.

La parte donde decía cómo elegir a un buen amigo.

Sería lo primero que haría ella.

Escoger a alguien.

A alguna chica.

Los chicos estaban descartados.

«Bestia» era un gran chico.

Pero siempre estaba haciendo tonterías con Matthew.

Timothy siempre se burlaba de la gente, con palabras absurdas.

Y Alex se había hurgado la nariz durante la clase de lectura, la semana anterior.

Emily miró por encima de su hombro.

Matthew se entretenía pasándose una pelota de una mano a la otra.

La pelota se le cayó.

La señorita Rooney movió la cabeza.

Matthew corrió en busca de la pelota.

Y chocó con Emily.

—¡Ay! —gritó Emily.

—Perdona —dijo Matthew.

El chico tomó la pelota y regresó a su sitio.

Emily le siguió con la vista.

Matthew parecía distinto aquel día.

Ella se preguntó por qué.

El chico llevaba la misma camisa vieja.

Los mismos tejanos viejos.

—¡Uff! —se quejó Sherri Dent. Y se frotó una zapatilla—. Me ha dado un pisotón.

Emily miró a Sherri.

Tal vez ella podría ser su mejor amiga.

Sherri era algo mandona.

Pero no demasiado mandona.

Emily recordó lo que decía el libro.

Empieza tú primero a portarte como amigo.

Emily esbozó una sonrisa afectuosa.

Pensó en lo que iba a decir a Sherri.

El libro no decía nada sobre ello.

—Me parece que soy un poquito más alta que tú —dijo a Sherri.

A Sherri no le sentó muy bien.

—No lo creo —replicó—. Yo soy más alta.

Emily sonrió todavía con mayor afabilidad.

—Es porque tú tienes el pelo rizado.

Sherri frunció el entrecejo.

—Es un pelo muy bonito —afirmó Emily—. Y te queda muy levantado.

Sherri sacó la lengua. Una lengua larga y puntiaguda.

—Es un pelo de jirafa —concluyó Emily y volvió a mirar hacia delante.

En aquel momento la señora Ames abrió la puerta.

El olor que salía del interior era inaguantable.

—Tú eres la primera, Emily —dijo la enfermera.

Emily entró.

—Descálzate —indicó la señora Ames.

Emily se inclinó.

Los cordones de los zapatos se le habían roto y había tenido que echar un nudo.

Ella intentó deshacer el nudo.

Era dificilísimo.

—Niña, no tenemos todo el día por delante —masculló la señora Ames—. La siguiente.

Entró Sherri Dent.

—Has crecido mucho en este año —dijo la señora Ames a Sherri—. Se nota a primera vista.

—Probablemente soy la niña más alta de la clase —opinó Sherri.

—No me sorprendería —admitió la señora Ames.

—«Pelo de estropajo» —dijo Emily entre dientes. Y tiró del cordón con todas sus fuerzas.

El cordón se rompió.

Emily se descalzó un pie.

Y empezó a batallar con el otro cordón.

Sherri se subió a la balanza.

—Has ganado mucho peso este año —dijo la señora Ames.

Emily alzó la vista.

Sherri se estiraba todo lo que podía.

Estaba casi de puntillas.

—Muy bien la estatura también —añadió la señora Ames.

—Claro, de puntillas —dijo Emily en voz baja.

Al pasar junto a Emily dijo Sherri:

—Ya te dije que yo era más alta.

Le llegó el turno a Jill.

Por sus rechonchas mejillas resbalaban unas lágrimas.

—¿Qué te pasa? —preguntó la señora Ames.

—Tengo miedo de que me pongan una in-yección —dijo Jill.

—No seas boba —le dijo la señora Ames—. Anda, sube a la balanza.

Emily se quitó el otro zapato.

Pensaba en lo que pesaría Jill.

Mucho.

Probablemente tanto como Emily y Sherri juntas.

Jill se dirigió a la puerta.

Emily se puso de pie. Intentó ver qué había escrito la enfermera en la tarjeta sanitaria de Jill.

Probablemente un montón de kilos.

La enfermera arrugó la frente.

Emily simuló que estaba mirando por la ventana.

Al fin le llegó el turno.

—Muy buen peso, Emily —dijo la señora Ames—. Y buena estatura, también. Estás casi tan alta como Sherri Dent.

Emily salió.

En aquell momento sabía una cosa.

No quería ser la mejor amiga de Sherri Dent.

Y sabía algo más.

Linda Lorca, la «cuello de jirafa», también quedaba descartada.

Todavía le debía los cincuenta centavos.

Emily se agachó para atarse los zapatos.

Tampoco Jill sería una buena amiga.

Siempre estaba llorando por algo.

Tendría que ser Dawn.

Dawn Bosco.

Capítulo 4

Emily estaba en la fila, para jugar al A-S-N-O.

Mientras tanto leía *El Mejor Amigo.*

La señora Paris, la profesora de lectura, pasó junto a ellos.

—Hola, niños —saludó.

Guiñó a Emily y le dijo:

—Me alegra mucho verte con un libro en las manos.

Emily le devolvió la sonrisa.

—Ahora te toca a ti, Emily —dijo Dawn Bosco.

Emily dejó el libro.

Había colocado un palito entre las páginas diez y once.

Se frotó la pelota en los pantalones tejanos.

El A-S-N-O era su juego preferido.

Casi nunca perdía.

Era tan fácil...

Todo lo que había que hacer era lanzar la pelota contra la pared. Y entonces saltar sobre la pelota cuando rebotaba.

Jill estaba sentada en un rincón.

Había quedado fuera de juego.

Emily esperó a lanzar la pelota.

Quería asegurarse de que Dawn Bosco estuviese mirando.

—Vamos, tira —dijo Sherri Dent.

Emily arrojó la pelota contra la pared del colegio.

La pelota volvió a ella.

Emily saltó sobre la pelota.

—No está mal, Emily —dijo Dawn Bosco.

Emily sonrió. Y recogió su libro.

—Es mi turno —dijo Dawn—. ¿Me sujetas esto?

Emily tomó las rosas que Dawn tenía en la mano.

Eran rosas de junio.

Envueltas en papel de estaño.

—Huelen muy bien —dijo Emily.

—Puedes quedarte con una —ofreció Dawn—. Y también puedes darle una a la señorita Rooney.

Emily asintió. Había hecho bien eligiendo a Dawn.

Aquel día, a la hora de la comida, pediría a Dawn que fuesen las mejores amigas.

Emily se colocó al final de la fila.

Abrió el libro con una mano.

Leyó la página diez. Y empezó la página once.

Llegó Dawn y se colocó detrás de ella.

—¿Has perdido? —le preguntó Emily.

Dawn no contestó. Tomó las rosas.

—¡Ay! —exclamó entonces—. ¡Cuántas espinas!

—¿Has perdido? —volvió a preguntar Emily.

—Sí —contestó Dawn.

—¿En dónde te has quedado?

Dawn simuló estar pensando.

—En A-S — contestó, al fin.

Emily pasó la página.

—Yo estoy en la A.

—¿Qué libro es ése? —preguntó Dawn.

—*El Mejor Amigo* —contestó Emily.

—Yo leo *Ellen Tebbits* —dijo Dawn—. Tiene ciento dieciséis páginas.

«Tempestalenos retumbatruenos», pensó Emily fastidiada. Dawn siempre estaba hablando de lo bien que leía.

—¿Cuántas páginas tiene tu libro? —preguntó Dawn.

—No lo sé —replicó Emily—. Todavía no lo he mirado.

—Debe de tener... —Dawn miró al cielo. Entornó un poco los ojos—. Alrededor de treinta y una páginas.

Emily simuló que estaba leyendo.

El libro era muy corto, sólo tenía veintisiete páginas.

Lo había mirado hacía unos días.

—Creo que podría leer ese libro en dos minutos —dijo Dawn.

Emily pasó la hoja.

—Yo también podría leerlo en dos minutos —contestó Emily—. Pero no me gusta leer de prisa.

—¿De verdad? —preguntó Dawn.

—De verdad —afirmó Emily.

E intentó leer lo más de prisa que pudo.

Otra vez le llegó el turno para el A-S-N-O.

—¿Quieres que te tenga el libro? —se ofreció Dawn.

—Bueno. Gracias —contestó Emily.

—No tiene importancia —dijo Dawn—. No pesa mucho.

—Deja. Lo llevaré debajo del brazo —decidió Emily.

—¡Oh! —murmuró Jill desde el rincón—. Emily es muy buena jugadora.

Emily sonrió a Jill.

Jill tenía un tiznón muy negro en su carnosa mejilla.

Se le notaban las huellas de haber estado llorando.

Emily frotó varias veces la pelota contra sus pantalones.

En aquel momento sonó el timbre.

—Juega de todos modos —dijo Sherri Dent.

Emily lanzó la pelota.

Intentó saltar.

El libro se le escapó de debajo del brazo y cayó al suelo.

—Yo lo cogeré —se ofreció Dawn.

Emily se precipitó hacia el libro.

Ella y Dawn se dieron un cabezazo.

—Lo he cogido yo —dijo Emily.

—Sí —asintió Dawn—. Pero has perdido, ¿verdad?

Emily no contestó. Se encaminó a las grandes puertas de color marrón.

—Es hora de irnos — gritó.

Dawn iba tras ella.

—¿En qué te has quedado? —preguntó Dawn.

—En A, me parece —contestó Emily.

—No. Te confundes. Tienes A-S, como yo —dijo Dawn.

—Creo que sí —admitió Emily.

Y corrió escaleras arriba.

¡Vaya mejor amiga que había elegido!

Capítulo 5

—Junio es el mejor mes —dijo la señorita Rooney después de comer.

Se inclinó a oler las rosas que tenía sobre su mesa.

Emily sacó una hoja de papel.

La dobló en cuatro.

—Es el mes de mi cumpleaños —anunció Jill.

—¡Qué bien! —dijo la señorita Rooney.

—Y terminan las clases —dijo «Bestia»—. Espero no repetir otra vez.

—Pues trabaja mucho este mes —dijo la señorita Rooney.

Emily miró la punta de su lápiz que estaba muy gastada.

Le hubiera gustado afilarlo.

Pero la hora de sacar punta a los lápices era por la mañana.

Así que Emily intentó pensar en algo que escribir.

—Vamos a ir de merienda al campo dentro de un par de días —dijo la señorita Rooney.

—¡Hurra! —gritó Matthew.

—¡Viva! —exclamó «Bestia».

—Yo haré las fotografías de la clase —decidió la señora Stewart, la maestra ayudante, que antes de casarse se llamaba señorita Vincent.

Emily alisó el papel con la mano.

Dawn:
¿Quieres ser mi mejor amiga?
firmado Emily
(tu *megor* amiga)

— ¿Podremos llevar comida? —preguntó Matthew.

—Pues claro —respondió la señorita Rooney—. Haremos barbacoa. Tomaremos un autobús y pasaremos el día en *Grant Park.*

Emily volvió a mirar su nota.

Tomó el lápiz.

Podemos ir juntas en el autobús

—Bien —dijo la señorita Rooney—. Tenemos dos minutos de preparación para empezar a trabajar.

Emily levantó la vista.

Ella no necesitaba dos minutos.

Estaba preparada para todo.

Dobló la nota hasta convertirla en un pequeño cuadrado.

Se inclinó sobre su pupitre y colocó la nota en el pupitre de Dawn Bosco.

—La hora de informar sobre los libros leídos —anunció la señorita Rooney.

Emily suspiró.

Se había olvidado de aquello.

Buscó en su pupitre.

Su libro no estaba allí.

Dirigió una rápida mirada hacia Dawn.

Dawn estaba desdoblando la nota.

Emily corrió al guardarropa.

El libro tampoco estaba allí.

Emily asomó un poquito la cabeza desde el guardarropa.

«Bestia» estaba con la mano levantada.

—Me he dejado el libro en casa —dijo.

También Matthew levantaba la mano.

—Se me ha olvidado empezar a leerlo.

La señorita Rooney se puso seria.

—Quedan todavía dos semanas de clases. Procurad tenerlo en cuenta.

Emily se apartó del guardarropa.

Esperaba poder encontrar su libro.

No quería que la señorita Rooney le dijese: «Sigue con él».

La señorita Rooney nunca decía «sigue con él» a Dawn Bosco.

—He dejado mi libro fuera —explicó Emily—. ¿Puedo ir a...?

—Ve —dijo la señorita Rooney.

Emily salió rápidamente de la clase.

Corrió escaleras abajo.

Siguió corriendo por el lateral del colegio.

Su libro se encontraba sobre el cemento.

Se sentó en el suelo y se reclinó en la pared de ladrillos.

Contó las páginas.

Le faltaban catorce.

Eran muchas para dos minutos.

Eran muchas incluso para dos días.

No podría acabar el libro.

Bueno. Tal vez no la llamase la señorita Rooney.

Sería terrible tener que decir que no se había leído aquel libro tan flacucho.

¡Y delante de Dawn Bosco!

Tal vez Dawn no quisiera ser su mejor amiga.

Emily abrió el libro por la página catorce.

Y leyó de prisa.

Todo lo más de prisa posible.

Entonces oyó unas palmadas.

Era la señora Kettle, la profesora de sexto curso.

Estaba asomada a la ventana.

—Jovencita —dijo—, la clase está dentro.

Emily se levantó.

Echó a andar por el lateral del colegio.

Seguía leyendo.

Acabó la página quince.

Luego abrió la puerta de la clase.

La señorita Rooney levantó la cabeza.

—Bien, Emily —dijo—. Vamos a escucharte.

Emily se colocó frente a la clase.

De pie junto a la mesa de la señorita Rooney.

—Mi libro habla de los mejores amigos —explicó Emily—. De cómo encontrar uno.

Abrió el libro y lo mantuvo en alto.

Miró a Dawn Bosco.

Dawn llevaba una blusa nueva muy elegante.

A Emily le hubiera gustado no llevar aquel jersey viejo, tan estirajado. Era un jersey lleno de corazones rojos y amarillos.

—Bueno —dijo la señorita Rooney—. ¿Y qué más?

—Bien… — murmuró Emily.

Y echó una rápida ojeada a las ilustraciones.

—Emily, ¿has leído el libro? —preguntó la señorita Rooney.

—Sí —contestó Emily.

—¿Por completo?

Emily se miró los zapatos. Tenía un agujerito en el dedo gordo.

Por el agujero se podía ver el calcetín verde.

—Parte de él —dijo.

La señorita Rooney sacudió la cabeza descontenta.

—Pues sigue con él.

Emily fue a su pupitre.

No miró a Dawn Bosco. Ni durante el resto de la tarde.

Sentía mucho haberle enviado la nota.

Dawn no querría ahora ser su mejor amiga.

Y Emily no se lo reprochaba lo más mínimo.

Capítulo 6

Iba a ser un día muy caluroso.

Todos se encontraban en el patio del colegio desde muy temprano.

Emily miró a su alrededor.

Estaban todos, menos Dawn Bosco.

Emily sujetaba un extremo de la cuerda de saltar.

Linda Lorca sujetaba el otro extremo.

—Hacedlo bien —pidió Sherri Dent—. No quiero perder.

Emily asintió con la cabeza.

Linda y ella hicieron girar la comba acompasadamente.

La cuerda golpeaba el suelo.

Sherri Dent empezó a saltar.

**Tris tras
salta que te saltarás**

Emily dirigió una rápida mirada a la entrada.

Dawn Bosco no llegaba aún.

Emily se alegraba.

¡Ojalá no le hubiese enviado aquella nota!

Dawn probablemente pensó que Emily era una niña tonta.

Un pato.

A Emily se le estaba cansando el brazo.

Se cambió la cuerda a la otra mano.

Salta que te saltarás
y vuelve atrás.

Sherri dio un traspié.

—¡Fuera! —gritó Linda Lorca.

Sherri dejó de saltar. Tomó el extremo de la cuerda que sujetaba Emily.

—Te toca a ti —dijo.

Emily se frotó las manos en los pantalones cortos.

Hizo la entrada y empezó a saltar.

Las otras empezaron a gritar:

Oso peludo, oso de trapo,
gira, gira, guapo.
Oso peludo, oso de trapo,
haz arrumacos.

Emily se enredó en la cuerda.

—¡Oh! —exclamó.

—¡Fuera! —dijo Sherri Dent.

Emily miró hacia la entrada.

Dawn no aparecía.

A lo mejor aquel día faltaba a clase.

Y al día siguiente ya se habría olvidado de la nota.

Emily se apartó el cabello de la nuca.

El sol calentaba mucho.

Quemaba.

Emily tomó el extremo de la cuerda con una mano.

Con la otra se palpó los bolsillos.

Todo seguía allí.

Uni y su dinero para la comida, en un bolsillo.

Dos monedas de diez centavos en el otro.

Estas monedas eran para la señorita Rooney.

Emily tenía que pagarle una deuda.

En aquel momento llegó Dawn.

Tomó el otro extremo de la cuerda que sujetaba Linda.

Jill empezó a saltar.

Jill saltaba al compás de *Bizcocho de fresas, bañado en crema.*

Sus cuatro trenzas saltaban arriba y abajo.

Pero no pasó de las *fresas*.

Emily notó un tirón en la cuerda.

Jill la había pisado.

—¡Fuera! —gritó Linda.

Los labios de Jill empezaron a contraerse.

—Alguien ha tirado de la cuerda —protestó Jill.

—Yo no —gritó Dawn Bosco.

—Ni yo —dijo Emily.

No miró a Dawn.

Sabía que Dawn tiró de la cuerda.

En aquel momento sonó el timbre.

Todos tenían que ponerse en fila.

Emily corrió para ser la primera.

Detrás de ella podía sentir a Jill llorando.

—Espera —dijo Dawn.

Emily retrasó un poco el paso.

—Leí la nota —dijo Dawn.

—¿Qué nota? —preguntó Emily.

—Tu nota —dijo Dawn—. La de la mejor amiga.

—¡Oh! —dijo Emily.

Y pensó rápidamente.

¿Y si le dijera que la nota no era más que un ejercicio de caligrafía?

Podía decir que no le interesaba ser...

—Pues, bueno —siguió diciendo Dawn—. Podemos ser las mejores amigas.

Dawn sonrió a Emily.

Emily le devolvió la sonrisa.

Su mejor amiga.

Se colocarían juntas en la fila.

Emily pudo oír a Jill dando suspiros detrás de ellas.

Emily tragó saliva.

Hubiera querido que Dawn no hubiese tirado de la cuerda.

Aquello estropeaba un poco lo de ser las mejores amigas.

—Esperemos a Jill —propuso Emily a Dawn.

Pero Dawn echó a correr.

—¡De prisa! —gritó—. A ver si somos las primeras.

Capítulo 7

Los alumnos de la señorita Rooney se habían situado a la puerta de la cafetería.

Un letrero colocado en una mesa decía:

Venta de golosinas

—¡Pastelillos de chocolate! ¡A cinco centavos uno! —anunciaba Emily a gritos.

—¡Bollos de azúcar! —gritaba Dawn Bosco.

—Me vais a dejar sordo —dijo el señor Mancina, el director.

Luego sonrió, dejó diez centavos sobre la mesa y añadió:

—Tomaré uno de cada clase.

—Llévese pastel de zanahorias también —invitó Jill Simon—. Lo hicimos mi madre y yo anoche.

—Magnífico —comentó el director.

Y dejó otra moneda sobre la mesa.

Emily y Dawn se miraron y sonrieron.

La clase de la señorita Rooney iba a reunir un montón de dinero.

Y lo utilizarían para la comida del día siguiente en el parque.

—Lo vamos a pasar muy bien —comentó Dawn.

—Mejor que nunca —opinó «Bestia».

Emily cerró los ojos.

Casi podía oler las hamburguesas.

Y notar el sabor de los «perritos calientes».

A lo mejor reunían dinero incluso para comprar pastel de malvavisco.

De malvavisco tostado...

La boca se le hacía agua.

Richard Best buscó en su bolsillo.

—Yo también tengo dinero para uno de esos pastelillos de chocolate —dijo.

—No puede ser —protestó Dawn Bosco. Esto es para los otros cursos. Para conseguir dinero. ¿No te acuerdas?

—Sólo uno para... —empezó Emily.

Dawn negó con la cabeza.

—Sólo uno —insistió Richard.

Dawn se volvió de espaldas.

Y se puso a hablar con Linda Lorca.

—Será mejor que no te... —dijo Emily.

—Me muero de ganas de comer uno —insistió «Bestia»—. Te pagaré seis centavos.

VENTA DE
GOLOSINAS

—«Bestia» pagará más de seis centavos —dijo.

Dawn alzó un hombro.

—No debe...

—Oye. No es para tanto —rezongó Richard a Dawn.

—Eso —intervino Matthew Jackson—. Yo también me muero de ganas de comerme un pastelillo de Emily.

Emily sonrió a Matthew.

Se preguntaba qué tenía de diferente el chico.

Dawn siguió negando con la cabeza.

—La señorita Rooney dijo que...

—Lo dices porque no queremos comprar tus pastelillos de azúcar — dijo «Bestia».

—Sí —añadió Matthew—. Tus pastelillos quemados.

Emily soltó una risilla.

Pero en seguida se puso seria.

Nunca debemos reírnos de nuestra mejor amiga.

Debemos ser siempre amables con nuestra mejor amiga.

Eso decía el libro *El Mejor Amigo*.

«Bestia» dejó seis centavos sobre la mesa.

Y tomó un pastelillo.

Se lo metió en la boca de una vez.

—Está buenísimo —afirmó.

Unas migajas de pastelillo cayeron sobre la mesa.

—¡Ag! —dijo Dawn.

—¡Doble ag! —añadió Linda Lorca.

Dawn dio unos pasos.

Se puso junto a Linda.

—Haz más —pidió «Bestia» a Emily—. Nos los comeremos en el autobús.

—Sí —asintió Matthew—. Sí.

Puso seis centavos sobre la mesa.

—Dame también uno a mí —pidió.

Emily le alargó un pastelillo.

Detrás de ella, Dawn hacía chasquidos de indignación con la lengua.

—Mal —dijo Linda.

—Doble mal —añadió Dawn.

Emily sacó dos centavos de la caja del dinero.

Dio uno a «Bestia».

Y el otro a Matthew.

—Estos pastelillos sólo cuestan cinco centavos —dijo.

—«Bestia» y yo nos sentaremos juntos en

el autobús de la excursión —dijo Matthew—. Haz dos montones de pastelillos.

—¿Quieres ser mi compañera de autobús? —preguntó Linda a Dawn.

Emily se volvió a mirarlas. Abrió la boca para decir:

—Las mejores amigas...

—Pues claro —respondió Dawn—. Seré tu compañera de autobús, Linda.

Emily les volvió la espalda.

Después se quedó mirando a Richard y a Matthew.

Los dos estaban correteando el pasillo de arriba abajo.

El monitor empezaría a reñirles en cualquier momento.

—Trae algunos caramelos —dijo Linda a Dawn—. La mitad para mí y la otra mitad para ti.

—Me gustan los caramelos rellenos —dijo Dawn.

—A mí también —afirmó Linda.

—Yo odio los caramelos —dijo Emily.

Pero no era verdad.

Sus caramelos preferidos también eran los rellenos.

Emily contempló los pastelillos.

Los alumnos de sexto llegaban por el pasillo. Seguramente comprarían los que le quedaban.

Pero a Emily ya no le importaba nada.

Capítulo 8

Estaba resultando una excursión espantosa. La peor del mundo.

Y eso que Emily estrenaba unos pantalones cortos, muy bonitos.

Eran de color rosado y verde y tenían un bolsillo para Uni.

Aunque estaban en el mejor parque del mundo. El Grant State Park. Un parque con árboles y sombra y barbacoas y columpios.

Y eso que tenían pastel de malvavisco. Y sandía.

No. Estaba resultando una comida campestre de pena.

En el autobús Emily había tenido que sentarse junto a Timothy Barbiero. Fue la única niña sentada junto a un chico.

Emily dio un resoplido.

A continuación se metió en la boca una palomita de maíz.

Timothy le había dado cuatro.

Entonces, «Bestia», Timothy y Matthew estaban junto a la barbacoa.

La señorita Rooney empezaría a preparar enseguida los «perritos calientes».

Emily observó a Dawn.

Dawn jugaba a lanzar el platillo.

—Ven, Emily —llamó Sherri. Y lanzó el platillo al aire.

Jill fue a cogerlo.

Pero no acertó.

El platillo le golpeó en la cabeza.

Jill empezó a llorar.

Emily echó a andar hacia la arboleda.

Volvió la cabeza y miró para atrás.

Probablemente la señorita Rooney le diría que no se marchase.

La señorita Rooney siempre andaba preocupada, pensando que los niños podían perderse.

—¡Eh! —llamó Linda—. Emily.

Emily no contestó.

Que se fastidiase Linda.

Linda le había quitado a su mejor amiga.

Que se fastidiase todo el mundo.

Emily anduvo entre los árboles.

Se estaba fresquito en la sombra.

Buscó en su bolsillo.

Cogió otra palomita con azúcar.

Luego sacó a Uni.

Le hizo galopar sobre una piedra.

Después le dejó descansar a la sombra.

Entonces oyó murmullo de agua.

Y se encaminó a ver qué era.

Quizá un río. O un arroyo.

Tras unos minutos se detuvo.

Aún podía escuchar el murmullo del agua.

Pero no debía de quedar muy cerca.

Cerró los ojos y escuchó.

Luego volvió a caminar.

Una vez le pareció oír a «Bestia» llamándola.

Entonces se acordó de Uni, que se había quedado sobre la piedra.

Había debido llevárselo con ella.

Confiaba en que todavía estaría a la sombra.

Esperaba poder encontrarlo de nuevo.

De repente el rumor del agua cesó.

Todo en el bosque quedó silencioso.

Casi totalmente silencioso.

Emily oía el susurro de las hojas.

Y el canto de un pájaro.

Pero ya no oía a nadie de su clase.

Todo estaba oscuro bajo los árboles.

Emily miró a su alrededor.

¿Por qué camino había llegado hasta allí?

Se había perdido.

Pues como todos se hubieran olvidado de ella...

Ahora estarían comiendo la carne asada en la barbacoa.

Y bebiendo refrescos.

Tomando pastel de malvavisco.

La señora Stewart haría fotografías.

Todos los alumnos estarían juntos.

Todos.

Todos menos ella.

Dawn estaría delante de todos.

Al lado de su nueva mejor amiga, Linda.

Nadie se daría cuenta de que Emily y Uni habían desaparecido.

Y podía suceder que también volvieran a sus casas sin ella.

Capítulo 9

Emily sentía calor.

Tenía mucha sed.

Y además estaba hambrienta.

—¡Eh! ¿Hay alguien? —gritó.

Deseaba que alguno de los niños pudiese encontrarla.

Cualquiera.

Fue pensando en cada uno de ellos.

«Bestia».

A «Bestia» le habían gustado de verdad sus pastelillos de chocolate.

Matthew también era un buen amigo. Quiso prestarle cuatro centavos para que pagara la biblioteca.

—¡«Bestia»! ¡Matthew! —gritó Emily.

Qué lástima que Timothy no estuviese allí, pensó.

La habría llamado «pato».

Pero también le había regalado palomitas de maíz.

Un buen puñado.

¿Y qué podía pensar de Jill?

Jill siempre decía que Emily era la que mejor jugaba al A-S-N-O.

Emily debía haberse quedado a jugar al platillo.

Sherri la llamó.

Y Linda también.

—¡Linda! ¡Sherri! —gritó.

Emily buscó una piedra.

La señora Stewart les había hablado de las piedras y los pioneros.

Los pioneros se ponían piedrecillas bajo la lengua cuando tenían sed.

Emily se agachó.

Encontró una piedra blanca y rojiza.

Pero demasiado grande para metérsela en la boca.

Quedaría muy bonita en la mesa de la señorita Rooney. Junto al florero.

A la señorita Rooney le gustaría mucho.

Emily pensó en Dawn.

Dawn había sido muy buena al repartir sus rosas.

Algunas veces Dawn también era una buena amiga.

Quizá no la mejor amiga.

Porque a veces hacía cosas malas.

Emily reflexionó unos instantes.

También ella misma hacía a veces cosas malas.

En ese momento oyó una voz.

—¡Eh! —gritó otra vez.

Era «Bestia».

Y Matthew.

—¡Uf! —hizo «Bestia»—. Hemos estado buscándote.

—Yo he encontrado a Uni —dio Matthew—. En seguida he sabido que tú tenías que estar cerca de aquí, en algún lugar.

Emily se puso de pie.

—Hola, chicos —dijo.

Tenía ganas de decirles que los dos eran buenos amigos.

Pero tal vez la llamaban pato o cualquier cosa así.

—Te has perdido grandes noticias —dijo «Bestia».

—Es verdad —corroboró Matthew.

Emily cogió la piedra blanca y rojiza.

—¿Qué es?

—No podíamos dejar a nadie perdido —dijo «Bestia»—. Se lo hemos dicho a la señorita Rooney.

—No estaba preocupada por eso —contestó Emily.

—¡Pa-ing! —hizo «Bestia» disparando al aire una pistola imaginaria—. Pues yo estaba preocupado.

Los tres iniciaron la vuelta hacia la barbacoa.

Delante de Emily iba Matthew dando saltos.

De repente Emily supo lo que encontraba diferente en Matthew.

Ya no olía.

Ni pizca.

Matthew tenía que haber dejado de mojar la cama.

Emily sonrió para sí.

Se alegraba por Matthew.

Se alegraba por todos los demás también.

Podía percibir ya el olor de las hamburguesas.

Vio a todo el mundo junto a la barbacoa.

La señorita Rooney levantó la vista.

—¡Qué contenta estoy de que hayas regresado! —dijo—. Estaba empezando a preocuparme.

—Preparados para la foto de la clase —dijo la señora Stewart.

Emily dio la piedra blanca y rojiza a la señorita Rooney.

Luego volvió a agruparse con sus demás compañeros.

La señorita Rooney se colocó al fondo. Sostenía la piedra en su mano.

A su lado estaba «Bestia».

Y luego Emily.

—Deja que me ponga a tu lado —pidió Jill.

Emily sonrió.

Y se dio la vuelta.

Timothy estaba detrás de ella.

—¡Cuac! —dijo el chico.

—¡Cuac! —le respondió ella.

—Estad quietos —pidió la señora Stewart—. Nos interesa que esta fotografía sea muy buena. Cada vez que la miréis, os acordaréis de la clase de la señorita Rooney.

De repente, Emily notó un nudo en la garganta.

El curso había acabado casi.

El próximo curso ya no irían a la clase de la señorita Rooney.

Todos serían diferentes. Mayores.

—A ver si no tenemos que dar clases de repaso en verano —murmuró «Bestia».

—Iremos —dijo Matthew—. A clase de lectura.

Emily asintió. Ella había ido también a repaso de lectura el verano anterior.

Dawn Bosco se acercó a decirle:

—Me alegro de que hayas llegado a tiempo para salir en la foto.

—Yo también —contestó Emily.

Y luego pensó en algo.

Después de la fotografía iba a decirle algo a la señorita Rooney.

Era sobre su libro *El Mejor Amigo.*

El libro se equivocaba.

Indudablemente era mucho mejor tener un par de amigos.

Amigos diferentes.

Amigos compañeros de autobús.

Amigos para compartir los pastelillos de chocolate.

Amigos para jugar al A-S-N-O.

Emily mantuvo a Uni en alto.

También su unicornio tenía que salir en la fotografía.

—Decid todos «Patata» —indicó la señora Stewart—. Es para que salgáis alegres en la fotografía.

Emily se alisó los pantalones cortos. Quería salir impecable.

También se acordó de sonreír.

Emily Arrow estaba emocionada.

—Pa-ta-ta —exclamó.

FIN